AF331845

EXTRAIT

DE

CANTIQUES

EN L'HONNEUR

DE LA TRÈS-SAINTE VIERGE

BAYEUX

IMPRIMERIE DE A. DELARUE

—

1863

CANTIQUES

DÉPART POUR UN PÉLERINAGE.

Cantique à Marie.

Vers l'autel de Marie
Marchons avec amour,
Vierge aimable et chérie ,
Donne-nous un beau jour.

REFRAIN.

Donne *(bis)* nous un beau jour, *(bis)*
Donne *(bis)* nous un beau jour.

On dit que sur notre âge ,
Repose ton amour;
Pour ce pélerinage
Donne-nous un beau jour.   (REFRAIN.)

Bientôt dans ta chapelle
Parlera notre amour,
Il te sera fidèle;
Donne-nous un beau jour.   (REFRAIN.)

Ces fleurs seront l'image
De notre pur amour,
Nous t'en ferons l'hommage;
Donne-nous un beau jour.   (REFRAIN.)

Et dans ton sanctuaire,
Montre-nous ton amour,
N'es-tu pas notre Mère?
Donne-nous un beau jour.   (REFRAIN.)

POUR LE RETOUR DU PÉLERINAGE.

Cantique en l'honneur de Marie.

Vierge, du sanctuaire,
Bénis notre retour,
Sois toujours notre Mère;
Donne-nous ton amour.

REFRAIN.

Donne *(bis)* nous ton amour, *(bis)*
Donne *(bis)* nous ton amour.

Que notre tendre hommage,
Te rappelle ce jour;
Guide notre jeune âge;
Donne-nous ton amour.   (REFRAIN.)

L'enfer, dans sa furie,
Nous poursuit chaque jour,
Ah! sauve-nous la vie!
Donne-nous ton amour.   (REFRAIN.)

Non! jamais infidèle
Je n'oublierai ce jour,
Mais soutiens notre zèle,
Donne-nous ton amour.   (REFRAIN.)

La vie est un passage ;
Au ciel, au ciel un jour
Donne-nous-en le gage,
Donne-nous ton amour.   (REFRAIN.)

NOTRE-DAME DU ROSAIRE.

D'une Mère chérie,
Célébrons la grandeur,
Consacrons à Marie
Et nos voix et nos cœurs.   *(Fin.)*

REFRAIN.

De concert avec l'ange
Quand il la salua ;
Disons à sa louange,
Un *Ave Maria.*   *(bis.)*

Modeste créature,
Elle plut au Seigneur ;
Et Vierge toujours pure,
Enfanta le Sauveur.   (REFRAIN.)

Nous étions la conquête
Du tyran des enfers,
En écrasant sa tête
Elle a brisé nos fers.   (REFRAIN.)

Que l'espoir se relève
Dans nos cœurs abattus,

Par cette nouvelle Ève
Les cieux nous sont rendus.   (REFRAIN.)

O Marie, ô ma Mère,
Prenez soin de mon sort,
C'est en vous que j'espère,
En la vie, en la mort.   (REFRAIN.)

O céleste lumière,
O source de bonheur,
Exaucez la prière,
Que vous offre mon cœur.   (REFRAIN.)

Obtenez-nous la grâce,
A notre dernier jour,
De vous voir face à face
Au céleste séjour.   (REFRAIN.)

INVOCATION A MARIE.

REFRAIN.

A tes pieds, ô tendre Marie,
Tu vois l'amour nous réunir,
Ah! de grâce! ô Mère chérie,
Étends ton bras pour nous bénir.

Nous pleurons sur la terre,
Tu règnes dans les cieux;
Protége, heureuse Mère,
Des enfants malheureux.   A tes pieds, etc.

Ta prière puissante
Est l'espoir des pécheurs,
Reine compatissante,
Offre à Jésus nos pleurs.   A tes pieds, etc.

Jésus, sur le Calvaire,
Nous remit en tes bras ;
Il savait que sa Mère
Ne nous oublierait pas.   A tes pieds, etc.

Tu plains notre misère,
Tu fais notre bonheur,
Et tous les cœurs de Mère,
Semblent être en ton cœur.   A tes pieds, etc.

C'en est fait, je n'aspire,
Qu'au bonheur de t'aimer,
Ah ! permets que j'expire
Avant de t'oublier.   A tes pieds, etc.

CONSOLATIONS QU'ON TROUVE AUPRÈS DE MARIE.

REFRAIN.

Tendre Marie,
Mère chérie,
O vrai bonheur
Du cœur !
Ma tendre Mère,
En toi j'espère,
Sois mes amours, ⎱ *(bis.)*
Toujours ! ⎰

Tout ce qui souffre sur la terre,
En toi trouve un puissant secours;
Ton cœur entend notre prière,
Et ton cœur nous répond toujours.   Tendre, etc.

Tu nous consoles dans nos peines,
Tu viens à nous dans l'abandon;
Du pécheur tu brises les chaînes,
C'est toi qui donnes le pardon.   Tendre, etc.

Ta douce main sèche nos larmes,
Ton nom si doux guérit nos maux,
Et nous trouvons encore des charmes,
A te prier sur des tombeaux.   Tendre, etc.

Tu viens consoler ceux qui pleurent,
Et tu prends soin des malheureux;
Tu viens visiter ceux qui meurent,
Et tu les portes dans les cieux.   Tendre, etc.

C'est toi qui gardes l'innocence
Dans l'âme des petits enfants;
C'est toi qui gardes l'espérance
Dans les cœurs flétris par les ans.   Tendre, etc.

Je te consacre donc mes peines,
Je te consacre mes douleurs;
Unissant mes larmes aux tiennes,
Taris la source de mes pleurs.   Tendre, etc.

LE CHRÉTIEN CÉLÈBRE LA GLOIRE DE MARIE.

Unis aux concerts des Anges,
Aimable Reine des cieux,
Nous célébrons tes louanges
Par nos chants mélodieux.

REFRAIN.

De Marie
Qu'on publie
Et la gloire et les grandeurs ;
Qu'on l'honore,
Qu'on l'implore,
Qu'elle règne sur nos cœurs.

Auprès d'elle la nature
Est sans grâce et sans beauté ;
Les cieux perdent leur parure,
L'astre du jour sa clarté.　　(REFRAIN.)

C'est la Vierge incomparable,
Gloire et salut d'Israël ;
Qui pour un monde coupable
Fléchit le courroux du ciel.　　(REFRAIN.)

Pour tout dire, c'est Marie !
Dans ce nom que de douceur !
Nom d'une Mère chérie,
Nom, doux espoir du pécheur.　(REFRAIN.)

Ah ! vous seuls pouvez le dire ,
Mortels qui l'avez goûté ,
Combien doux est son empire ,
Combien tendre est sa bonté.   (REFRAIN.)

PROSTESTATION DE FIDÉLITÉ AU SERVICE

DE MARIE.

Je veux célébrer par mes louanges ,
La gloire de la Reine des cieux ;
Et, m'unissant aux concerts des Anges ,
Je m'engage à la chanter comme eux.

Sur vos pas, ô divine Marie !
Plus heureux qu'à la suite des rois,
Dès ce jour, et pour toute ma vie ,
Je m'engage à vivre sous vos lois.

Si , du monde écoutant le langage ,
Du plaisir j'ai cherché les attraits,
A vous offrir mon fervent hommage ,
Je m'engage aujourd'hui pour jamais.

Toujours constant et toujours sincère
Par un vif et généreux amour,
A servir, à chérir une mère,
Je m'engage aujourd'hui sans retour.

Mère tendre et si compatissante ,
Soutenez au milieu des combats,

Les efforts d'une troupe innocente,
Qui s'engage à marcher sur vos pas.

Tu n'es plus qu'une terre étrangère,
Pour moi, monde volage et trompeur,
Je ne veux plus servir qu'une Mère,
Qui s'engage à faire mon bonheur.

SOUPIRS VERS LA SAINTE-VIERGE.

REFRAIN.

En ce jour
  O bonne
    Madone,
Je te donne
Mon amour. } bis.

Jour et nuit,
  La terre
    Entière,
Tendre mère,
Te bénit.   En ce, etc.

Pour toujours,
  Mon âme
    S'enflamme,
Et réclame
Ton secours.   En ce, etc.

O pécheur,
  La bonne
    Madone,
Te pardonne
De bon cœur.   En ce, etc.

Donne-moi,
  Marie
    Chérie,
Pour la vie,
D'être à toi.   En ce, etc.

Nuit et jour
  Ma lyre
    Soupire,
Pour te dire
Mon amour.   En ce, etc.

A la mort,
  Qui prie
    Marie,
Plein de vie,
Entre au port.   En ce, etc.

NOTRE CŒUR REPOSE EN MARIE.

Mère de Dieu, quelle magnificence,
Orne aujourd'hui cet auguste séjour !
C'est en ces lieux que mon heureuse enfance
Vint à tes pieds te vouer son amour.

> Tendre Marie !
> O mon bonheur !
> Toujours chérie,
> Tu vivras dans mon cœur. } *bis.*

O mon refuge ! ô Marie ! ô ma Mère !
Combien sur moi tu versas de bienfaits !
Combien de fois, dans ce doux sanctuaire,
Mon cœur trouva le bonheur et la paix ! Tendre, etc.

Mon œil à peine avait vu la lumière,
Et ton amour veillait sur mon berceau;
Tous mes instants, ô mon aimable Mère,
Tu les marquas par un bienfait nouveau. Tendre, etc.

Anges, soyez témoins de ma promesse !
Cieux, écoutez ce serment solennel :
« Oui, c'en est fait, mon cœur plein de tendresse
« Jure à Marie un amour éternel. »   Tendre, etc.

Si je pouvais, infidèle et volage,
Un seul instant cesser de te chérir,
Tranche mes jours à la fleur de mon âge,
Oui, j'y consens, fais-moi, fais-moi mourir.   Tendre.

MEMORARE.

REFRAIN.

Souvenez-vous, ô tendre Mère,
Qu'on n'eut jamais recours à vous
Sans voir exaucer sa prière,
Et dans ce jour exaucez-nous !   *(bis.)*

Des siècles écoulés j'interroge l'histoire,
Pour dire ses bienfaits ils n'ont tous qu'une voix.
Verrai-je en un seul jour s'obscrucir tant de gloire ?
L'invoquerai-je en vain pour la première fois ?   *(bis.)*
Souvenez-vous, etc.

Marie aux vœux de tous prête toujours l'oreille.
Le juste est son enfant : il peut tout sur son cœur ;
Mais auprès du pécheur jour et nuit elle veille :
Il est son fils aussi, (l'enfant de sa douleur !...   *(bis).*
Souvenez-vous, etc.

Et moi, de mes péchés traînant la longue chaîne,
Vierge sainte, à vos pieds j'implore mon pardon ;
Me voici tout tremblant, et je n'ose qu'à peine
Lever les yeux vers vous, (prononcer votre nom.   *(bis.)*
Souvenez-vous, etc.

Mais quoi ! je sens mon cœur s'ouvrir à l'espérance ;
Il retrouve la paix, il palpite d'amour,
Je n'ai pas vainement imploré sa clémence,
La Mère de Jésus (est ma Mère en ce jour.   *(bis.)*
Souvenez-vous, etc.

Mes vœux sont exaucés, puisque j'aime ma Mère,
Et que d'un feu si doux je me sens enflammé ;
Je dirai donc aussi que, malgré ma misère,
Son cœur m'a répondu (quand je l'ai réclamé.   *(bis.)*
    Souvenez-vous, etc.

Je n'ai plus qu'un désir à former sur la terre ;
O ma Mère ! mettez le comble à vos bienfaits :
Que j'expire à vos pieds, et dans ce sanctuaire,
Si je ne dois au ciel (vous aimer à jamais !   *(bis.)*
    Souvenez-vous, etc.

CONFIANCE EN MARIE.

Trop heureux enfants de Marie,
Venez entourer ses autels ;
Venez d'une Mère chérie
Chanter les bienfaits immortels.

CHŒUR
Trop heureux enfants de Marie,
Courons entourer ses autels ;
Allons d'une Mère chérie
Chanter les bienfaits immortels.   *(Fin.)*

Vierge, quel éclat t'environne
Au brillant séjour des élus !
Le Très-Haut lui-même couronne
En toi la Reine des vertus.   (CHŒUR.)

Contre la timide innocence
L'enfer, le monde conjurés,

Veulent ravir à ta puissance
Ces cœurs qui te sont consacrés.   (CHŒUR.)

Toujours menacé du naufrage,
Toujours rejeté loin du port,
Jouet des vents et de l'orage,
Quel sera donc enfin mon sort?   (CHŒUR.)

Du sein de la gloire éternelle
Ma Mère anime mon ardeur;
Si mon cœur lui reste fidèle
Par elle je serai vainqueur.   (CHŒUR.)

AMOUR DE MARIE.

D'être enfant de Marie
 Ah! qu'il nous est doux!
Venez, troupe chérie,
 Honorons-la tous.

CHŒUR.

Chantons ses louanges,
Chacun tour à tour
Imitons les Anges
Qui brûlent d'amour.} *bis.*

O divine Marie,
 Daigne en ce beau jour
Recevoir pour la vie
 Nos cœurs sans retour.
Chantons, etc.

De marcher auprès d'elle
 Soyons désireux;
D'un cœur pur et fidèle
 Elle aime les vœux.
Chantons, etc.

Empressés de lui plaire,
 Ses vrais serviteurs,
Pleins d'un zèle sincère,
 Chantent ses grandeurs.
Chantons, etc.

Aux pieds de votre image
 Voyez vos enfants,
Ils vous offrent l'hommage
 De leurs jeunes ans.
Chantons, etc.

REFUGE DES PÉCHEURS.

Reine du ciel, Vierge Marie,
O vous, ma patronne chérie!
De tout mortel qui souffre et prie
Souvenez-vous, souvenez-vous.
Vous d'un Dieu, virginale Mère,
Qui des cieux rapprochez la terre
Vous par qui le pécheur espère,
Priez pour nous, priez pour nous.   *(bis.)*

O des élus fleur précieuse,
Rose blanche et mystérieuse, .
De la Vierge simple et pieuse
Souvenez-vous, souvenez-vous.
Si notre cœur au jour prospère
S'enfle d'orgueil, et pour la terre
S'il vous oublie, ô notre Mère,
Priez pour nous, priez pour nous.   *(bis.)*

Quand devant lui le ciel se voile,
Quand le vent déchire sa voile,
Du voyageur, ô blanche étoile,
Souvenez-vous, souvenez-vous.
Souvenez-vous de nos misères,
De nos larmes, de nos prières,
Des enfants qui n'ont plus de mères;
Priez pour nous, priez pour nous.   *(bis.)*

Du pauvre opprimé sans défense,
Du malade sans espérance,
Et du mourant sans assistance,
Souvenez-vous, souvenez-vous.
Reine des Saints, Reine des Anges,
Recevez-nous dans vos phalanges :
Qu'au ciel nous chantions vos louanges.
Priez pour nous, priez pour nous.　　*(bis.)*

ADIEU DU PÉLERIN.

Asile où la Mère d'un Dieu
Si longtemps se montra ma Mère,
Reçois, reçois le triste adieu
Que te doit un amour sincère !

REFRAIN.

Adieu, je te laisse mon cœur,
　　Adieu, tendre Marie,
Adieu, séjour du vrai bonheur,
　　Adieu, terre chérie !

Eh quoi ! faut-il donc te quitter
O demeure qui m'est si chère !
Adieu bonheur, où le goûter ?...
Loin de la maison de ma Mère !　　Adieu, etc.

Je veux, fidèle à mon serment,
Plutôt mourir que te déplaire ;
Partout je serai ton enfant.
Toi, partout tu seras ma mère.　　Adieu, etc.

Marie, il me faut donc partir
De ton enceinte tutélaire !
De moi daigne te souvenir
Et partout montre-toi ma Mère ! Adieu, etc.

Je pars... sera-ce sans retour?...
Oh! non... je reviendrai, j'espère,
Je reverrai ce beau séjour
Pour y bénir encore ma Mère ! Adieu, etc.

SOUVENIR DE LA SALLETTE.

Vierge d'amour, rose mystique
Je viens le soir de ce beau jour,
Vous dire mon dernier cantique,
Et mes serments et mon amour.

  O montagne bénie,
  Où je voudrais mourir,
  Vous serez de ma vie,
  Le plus doux souvenir.

Bayeux.— A. Delarue, impr.

TABLE DES CANTIQUES.

www.ingramcontent.com/pod-product-compliance
Lightning Source LLC
LaVergne TN
LVHW021756030726
842523LV00003B/1037